जब-जब तेरी बात चली

Evincepub
Publishing

Evincepub Publishing

Parijat Extension, Bilaspur, Chhattisgarh 495001
First Published by Evincepub Publishing 2020
Copyright © Komal Singh 'Nidar' 2020
All Rights Reserved.
ISBN: 978-93-90442-46-1

जब-जब तेरी बात चली

कोमल सिंह "निडर"

लेखिका की कलम से

अपने बारे में बात करना सबसे अज़ीब बात होती है और उससे भी ज़्यादा अजीब होता है खुद को जज करना, ये तय करना कि हम कहाँ सही थे कहाँ ग़लत।

जितना हम सोच सकते हैं उससे भी कई गुना ज़्यादा घुमाव होते हैं ज़िन्दगी में फिर भी हमें उसका साथ हर हाल में निभाना पड़ता है। खैर, हम यहाँ बात कर रहे हैं शायरी, गीत ग़ज़ल, और मुक्तकों की जो हमारी ज़िन्दगी का सबसे अहम हिस्सा हैं जिसके लिये कई बार क़समें-वादे सब तोड़े हमने, बात ये है कि कोई प्लान करके लेखक नहीं बनता (लेखक संवेदनाओं की कोख से जन्म लेता है और परिस्थितियों की गोद में पलता -बढ़ता है) शायद हमारे साथ भी यही हुआ है।

ख़्याल जेहेन में हलचल करते हैं और हम लिखने बैठ जाते हैं।

नहीं पता कि कहाँ जाना है, क्या करना है? क्या खोना या पाना है बस लिखने से सुकून आता है तो इसीलिये लिखते हैं

बाक़ी तो अब तक की ज़िन्दगी में कुछ ऐसा हासिल नहीं हुआ है कि आपको बता सकें।

(A boy in a girl)

ये इसलिये क्योंकि मुझे ज़्यादातर ख़्याल लड़कों की तरह से आते हैं, मुझे उनकी तक़लीफ़ें भी उतनी ही ज़रूरी लगती हैं जितनी हम लड़कियों की और हम लड़कों को लेकर कभी नकारात्मक इसलिये भी नहीं हो सके क्योंकि हमारी अभी तक की ज़िन्दगी में कोई बुरा अनुभव नहीं रहा उनकी तरफ़ से, हमें कभी किसी ने रूल नहीं किया, जिन लोगों से राब्ता हुआ वो सहज और सरल ही रहे, हम किसी के दुख की वजह नहीं बनना चाहते थे कभी भी इसीलिये कोई इतने क़रीब नहीं हो सका कि नफ़रत का चेहरा बने बस इसीलिये मुहब्बत बरकरार रही...

आगे भी रहेगी ईश्वर ने चाहा तो।

हम जो कुछ भी लिखते हैं वो ज़रूरी नहीं है कि स्वयम् ही अनुभव किया हो अपने आस-पास की घटनाओं से बहुत जुड़ाव होता है हमारा।

हमारी माता जी को 'विदेशवा चला गये पिया मोर' ये लोकगीत बहुत पसंद है जबकी हमारे पिता जी कभी परदेश नहीं गये। 😊

कुछ अपने कुछ अपनों के अनुभवों को जोड़ कर ये छोटा सा गुलदस्ता (जब-जब तेरी बात चली) आकार ले सका है।

उम्मीद है कि आपकी मुहब्बतें मिलेंगी।

- कोमल सिंह 'निडर'

गीत

गीत - 1

जब-जब तेरी बात चली।

बिन्दी सिसकी काजल रोया,

तड़प उठे झुमके घबराये।

होंठों से गुम हो गयी लाली,

आँखों में बादल घिर आये।

नदियाँ रोईं, पर्वट टूटे

झरने बिखरे, रात जली

जब-जब तेरी बात चली।

फिर से उमड़ी पीड़ा मन में,

फिर से नयन सजल हो आये।

स्मृतियों की कुण्डी खटकी,

पत्थर गले तरल हो आये।

यादें लिपट-लिपट कर चीखीं

फिर पनघट की प्यास जली

जब-जब तेरी बात चली।

गीत - 2

'बाबा हम दुलहिन ना बनिबे'

लोग कहत हैं दुलहिन गोरी होवत हैं हम कारी हैं ।

बाबा हम दुलहिन न बनिबे ।

देखि अँजोरिया मन लहरावे,

बदरी घिर -घिर आवे।

दर्पण आँख मिचौली खेले,

उबटन मुँह भिचकावे ।

सखिन लगावें आँख में कजरा

हम तन भर कजरारी हैं ।

बाबा हम दुलहिन न बनिबे ।

रंग महावर बुझ-बुझ जावे,

मेंहदी भी न साजे

पियरी हमरी चटक देह पर

धुंधली-धुंधली लागे ।

रूप की हीन नेह को तरसें

सुघरिन पिय की प्यारी हैं।

बाबा हम दुलहिन ना बनिबे।

गीत - 3

जब शाम ढले

दिन चाहे जहाँ बिताना तुम ।

पर शाम ढले आ जाना तुम ।

देहरी तुम बिन सूनी-सूनी,

तुम बिन आँगन सूना-सूना ।

रैना... बैरन लागे सजना,

तुम बिन सावन सूना-सूना ।

हम तुमसे गुज़ारा कर लेंगे,

उपहार भले न लाना तुम ।

दिन चाहे जहाँ बिताना तुम ।

पर शाम ढले आ जाना तुम ।

जब शाम ढले

मेरे आईने का पागल मन,

मेरे चूल्हे की सोंधी रोटी।

अरमानों के ख़ाली कमरे,

मेरे यौवन की गीली मिट्टी ।

सब तुम बिन बेमतलब के हैं,

इनसे न कभी कतराना तुम ।

दिन चाहे जहाँ बिताना तुम।

पर शाम ढले आ जाना तुम।

गीत - 4

बोलो मोहन आओगे न ?

बोलो मोहन आओगे न ?

जब होंठों के तट सूखेंगे,

सिहर-सिहर कर रात जलेगी ।

स्मृतियों के तार खिचेंगे,

नेह, स्नेह की बात चलेगी।

मन मधुवन में रास रचाने,

प्रिया हृदय की प्यास बुझाने ।

बोलो मोहन आओगे न?

देह अपावन नेह की पावन,

देहरी पर जब पाँव धरेगी ।

उसकी छायाप्रतिछाया बन,

धूप में तुमपर छाँव करेगी ।

स्वप्न कोई बुनना चाहेगी,

जब गोपी सुनना चाहेगी ।

मुरली मधुर बजाओगे न?

बोलो मोहन आओगे न?

गीत - 5

हाथ का कंगन

कल को तो तुम भी किसी के,

हाथ का कंगन बनोगे ।

आज हो जायेगा कल फिर,

कल तुम्हारा आज होगा ।

मौन पड़ जायेंगी यादें,

दर्द बेआवाज़ होगा ।

स्वप्न का चंदा किसी के,

रूप का दर्पण बनोगे ।

कल को तुम भी तो किसी के, हाथ का कंगन बनोगे ।

समझो मजबूरी को मेरी,

ग़लतियों को माफ़ कर दो ।

तोहमतें मत दो ख़ुदा के,

वास्ते इंसाफ़ कर दो ।

हाथ थामोगे किसी के, गाल का उबटन बनोगे ।

कल को तुम भी तो किसी के, हाथ का कंगन बनोगे ।

मानते हम हमीं ने,

कर लिया पहले किनारा ।

पर पलटकर कब तुम्हीं ने,

कर दिया कोई इशारा ।

होंठ से लगकर किसी की, प्यास का सावन बनोगे ।

कल को तुम भी तो किसी के, हाथ का कंगन बनोगे।

गीत - 6

चाँद आकाश का था, हमारा नहीं

एक सूरत बहुत दिन तलक ख़्वाब में,

आती-जाती रही झिलमिलाती रही ।

आह सालों कचोटन बनी नींद पर,

तंज करती रही जुल्म ढ़ाती रही ।

देख सकते थे धरती से हम भी मगर,

चाँद आकाश का था, हमारा नहीं ।

इसलिये हमने तुमको पुकारा नहीं ।

थरथराया बहुत देह का पुल मगर,

मन को पाषाण हमने बनाये रखा ।

अश्क़ बनकर लहू छलछलाया मगर,

हमने काजल में उसको छिपाये रखा ।

नर्मियाँ ले गयीं ख़ार की लिपटनें,

दिल का नग़मा लबों पर उतारा नहीं ।

चाँद आकाश का था, हमारा नहीं।

लोग अनगिन मिले ज़िन्दगी में मगर,

तुमसे पहले कोई दिल में ठहरा न था ।

धड़कनें शोर करती थीं पहले भी पर,

इस क़दर कोई साँसों में लहरा न था ।

छिन न जायें कहीं आँख से पुतलियाँ,

भर नज़र रोशनी को निहारा नहीं

चाँद आकाश का था, हमारा नहीं ।

गीत-7

मैं ज़िन्दगी के घने रास्तों से वाक़िफ़ था

मैं ज़िन्दगी के घने रास्तों से वाक़िफ़ था,

पर मुहब्बत की डगर उससे भी ज़्यादा क़ातिल।

शाम तक कोई सुबह मुझमे ठहर ही न सकी,

ढूँढते उम्र कटी पर न मिल सका साहिल।

मिलन की प्यास जगे, आँख से नदियाँ गुज़रें।

लम्हा-लम्हा यूँ गुज़रता है कि सदियाँ गुज़रें।

ऐसा लगता था कहीं खो गया हूँ जंगल में,

भटक रहा हूँ मुझे रास्तों का इल्म नहीं।

कैसे समझाऊँ ज़माने से डरने वाले को,

इश्क़ दर अस्ल इबादत है कोई जुल्म नहीं।

सिसक-सिसक के, तड़प-तड़प के रतियाँ गुज़रें

लम्हा-लम्हा यूँ गुज़रता है कि सदियाँ गुज़रें।

गीत-8

कोई तड़पा था बेहद तुम्हारे लिए

चुन लिया तुमने काला घना रास्ता,

राह में हम खड़े थे सितारे लिए ।

कोई तड़पा था बेहद तुम्हारे लिए ।

हिज्र में कोई दिन जब गुज़ारोगी तुम,

छटपटाती जवानी नज़र आयेगी ।

तुमपे गुज़रेगी करवट सनी रात जब,

उसमें मेरी कहानी नज़र आयेगी।

कोई पूछेगा तो, खुद पे इतराओगी

बह पड़ेंगे नयन नीर ख़ारे लिये ।

कोई तड़पा था बेहद तुम्हारे लिए ।

तन्हा बेस्वाद रातों की आगोश में,

खुद से लिपटे हुये मन को मारे हुये ।

जागता था कोई सिसकियों में कहीं,

नींद हारे हुये स्वप्न हारे हुये ।

थाम कर अपने भीतर के तूफ़ान को

हँस के इंकार के सब इशारे लिये ।

कोई तड़पा था बेहद तुम्हारे लिए ।

गीत-9

कोई तो ले ले ग़म बलइयाँ।

दिन भर भटके शब भर जागे,

मेरे दोनों नैन अभागे।

जोड़ सकी न हारी री मैं,

उधरे-बिखरे प्रेम के धागे।

रह गयी हाय! कुँवारी चूनर

छिल गये नैन न आये सइंयाँ

कोई तो ले ले ग़म की बलइयाँ।

दर्पण बैठा रूप निहारे,

अँसुवन-अँसुवन राह बुहारे।

चूमे मेंहदी की गलबहिंया,

कंगन अपनी देह निहारे।

थामते न तो मरोड़ ही देते,

जी तो लेतीं इश्क़ कलइयाँ ।

कोई तो ले - ले ग़म की बलइयाँ।

गीत - 10

अपने प्रीतम के नयन में ।

खेत लहराने लगेंगे,

बालियाँ पकने लगेंगी ।

जब रसोई में सुगंधित,

रोटियाँ पकने लगेंगी ।

मैं तुम्हें आवाज़ दूँगा,

तुम चली आना उतरकर,

स्वर्ग से मेरे सपन में ।

अपने प्रीतम के नयन में।

वात बन बहने लगूँगा,

जब तुम्हें गर्मी लगेगी ।

मैं जला दूँगा अँगीठी,

जब तुम्हें सर्दी लगेगी ।

मैं तुम्हें आवाज़ दूँगा,

तुम चली आना उतरकर,

स्वर्ग से मेरे सपन में ।

अपने प्रीतम के नयन में ।

ग़ज़ल

ग़ज़ल - 1

ज़ख़्मों में सने ख़ून से नहलाये हुये शेर,

शायर ने पेश कर दिये ठुकराये हुये शेर ।

टकराने लगे ख़्याल की दीवार से मिसरे,

आपस में जूझने लगे गदराये हुये शेर ।

मजनूं उछ्छालने लगा तन्हाई के सिक्के,

महफ़िल में नाचने लगे पगलाये हुये शेर।

फूलों की सखी जा रही थी भाजियाँ लाने,

बिल्डिंग से कूदने लगे उकताये हुये शेर।

नस्तर की तरह सीने में उतरेंगे नुक़्ता चीं,

सूई से सिले जायेंगे छिछलाये हुये शेर ।

मैंने कहा सुकून अता कर मेरे मालिक,

और उसने अता कर दिये झुंझलाये हुये शेर।

फिर से सफ़ेद चादरें काली में ढल गईं,

फिर से बदन में आ गये जलवाये हुये शेर।

होंठों को चूस लेंगीं उदासी की बेटियाँ,

चश्मों को नोच खायेंगे घबराए हुये शेर।

ग़ज़ल - 2

कब-कब ख़र्ची आना-पाई पूछो बूढ़ी माई से,

उम्र के जलवों की सच्चाई पूछो बूढ़ी माई से ।

कैसी होती है पहले सावन की पहली-पहली चोट?

कैसी होती है पुरवाई? पूछो बूढ़ी माई से

किस मौसम ने फूँक-फूँक कर सुलगाई सीने की आग,

किन ऋतुओं ने आग बुझाई पूछो बूढ़ी माई से।

पूछो चाक दिलों को कैसी-कैसी उलझन रहती है,

रिश्ते-नातों की तुरपाई पूछो बूढ़ी माई से।

क्या-क्या करके रुसवाई से अपनी जान छुड़ाती हैं,

हँसती आँखों की तन्हाई पूछो बूढ़ी माई से ।

कितने जंगल बुझते थे तब रेल शहर तक जाती थी,

कितनों ने खो दी बीनाई पूछो बूढ़ी माई से।

ग़ज़ल - 3

नहीं मालूम मेरा क्या बनेगा ?

मगर तय है कि कुछ अच्छा बनेगा।

बहुत गदला है उस पोखर का पानी,

सो उसमे चाँद भी मैला बनेगा।

तेरी पेंटिंग में भद्दी औरतें हैं,

तेरा चेहरा बहुत प्यारा बनेगा।

बना भी तो हमारी फ़िक्र का मन,

भरी बाज़ार में तन्हा बनेगा।

मेरी दीवार ज़ख़्मी करने वाले

तेरी बुनियाद में दर्रा बनेगा

ग़ज़ल - 4

दरियाओं के दिल का सदमा पोखर तक आ जायेगा,

मैंने कब सोचा था गुस्सा मफ़लर तक आ जायेगा।

हौले-हौले दरिया के लब लहराने लग जायेंगे,

धीरे-धीरे करके पानी ऊपर तक आ जायेगा।

जानता था पकड़ा जाऊँगा फिर भी छिप जाता था मैं,

सोचता था वो ढूँढते-ढूँढते बिस्तर तक आ जायेगा।

मेरा शायर, कायर है वो छिपकर तीर चलाता है,

उसको लगता है ये मिसरा अंदर तक आ जायेगा।

माशूक़ा ऐलान तो कर दे उसको क़त्ल की ख़्वाहिश है,

आशिक़ अपने आप ही चलकर ख़ंजर तक आ जायेगा।

ग़ज़ल - 5

चीखेंगे वो अज़ीज जो अपनाये हुये थे,

हम लोग तो बहार के ठुकराये हुये थे।

बच्चों के रवैयों से परेशान हैं मगर,

पैरेंट्स भी इस उम्र में झुंझलाये हुये थे।

मतलब की, रज़ामंद नहीं थे खुमों के दिल,

वो खुद से नहीं छलके थे, छलकाये हुये थे।

उनको भी एक पल में ख़िज़ाँ लूट ले गई,

वो खिलखिलाते बाग़ जो गदराये हुये थे।

हँसकर तो नहीं मर सके वो लोग भी 'निडर',

जो ज़िंदगी की क़ैद से उकताये हुये थे।

ग़ज़ल - 6

बेसबब ज़ुल्म ढ़ाया गया,

हमको वहशी बनाया गया ।

भूल जाने का नाटक हुआ,

याद रख कर भुलाया गया ।

सबसे पहले के हक़दार को,

आख़िरी में बुलाया गया ।

आँख की हरकतें थीं मगर,

दिल का कमरा जलाया गया ।

पहले आँसू निचोड़े गये,

फिर लबों से लगाया गया ।

ग़ज़ल - 7

सदमा सा लग जाता है,

चुप से जी घबराता है ।

तुम जो इतने प्यारे हो,

तुम पर दिल इतराता है ।

कितनी सुंदर आँखें हैं,

इनमें काजल भाता है।

आ जायेगा अपनापन,

आते - आते आता है।

पागल एकदम पागल है,

दिन भर ग़ज़लें गाता है ।

ग़ज़ल - 8

मक़ान बेख़बर रहा मक़ीं से कह नहीं सके,

फ़लक से क्यों ख़फ़ा थे हम ज़मीं से कह नहीं सके।

लबों का वस्ल था सो रात भर लबों से बात की,

तेरी छुअन सुकून है ज़बीं से कह नहीं सके।

उसे उदास देखकर रहे उदास हम मगर,

चलो हमारे साथ तुम यक़ीं से कह नहीं सके।

अजीब बात है कि प्यार, प्यार से परे रहा,

हमारे हक़ की बात हम हमीं से कह नहीं सके।

वो लोग बेक़रार थे जो ठंडी नींद सो गये,

खुशी की कोई बात जो ग़मी से कह नहीं सके।

ग़ज़ल - 9

अगर यूँ ही तेरे नखरे चलेंगे,

शहर में तोप, बम, गोले चलेंगे ।

हक़ीक़त पाँच फुट नीचे गड़ी है,

कहाँ तक आपके टखने चलेंगे ।

वहाँ तक ज़िन्दगी का ढब चलेगा,

जहाँ तक खून के कतरे चलेंगे ।

अगर ये सीट पक्की हो गई तो,

सदन में इश्क़ के मुद्दे चलेंगे ।

मैं इक दिन सबकी चश्में छान लूँगा,

मेरे नक़्शे पे आईने चलेंगे ।

ग़ज़ल - 10

उस सादादिल दीवाने को रुसवा भी नहीं कर सकते हम,

पर हाथ थाम कर चलने का वादा भी नहीं कर सकते हम।

इक अलग क़िस्म का रिश्ता है उस पनघट का इस पनघट से,

उन गहरी... ठहरी आँखों से धोखा भी नहीं कर सकते हम।

दु:ख रहता है पर कहता है मैं खुश हूँ कोई बात नहीं,

गुस्से पे प्यार आ जाता है... गुस्सा भी नहीं कर सकते हम।

दुनिया मायावी जंगल है और वो बेहद भोला-भाला

इस जंगल में उस पागल को तन्हा भी नहीं कर सकते हम

ग़ज़ल - 11

क्या तुम सच में उतनी सुन्दर थी? जितनी वो कहता था,

आईने से डरने वाली, सोचना उसके बारे में ।

क्या वो तलब थी जिसकी तलब में वैरागी बन बैठा वो,

ढल जाये जब तन की लाली, सोचना उसके बारे में।

उसके हिस्से देखभाल थी, महक ग़ैर के हिस्से थी,

वो दीवाना था या माली, सोचना उसके बारे में ।

पहली सफ़ में रहने वाला, पीछे क्यों छिपता है अब?

मटक-मटक कर चलने वाली, सोचना उसके बारे में ।

ग़ज़ल - 12

रस्मों का कफ़स तोड़ कर आना पड़ा हमें,

मजबूरी में अपनों को सताना पड़ा हमें ।

गुज़री है ज़हमतों से हमारी भी कहानी,

हाँ सच है,बहुत रिस्क उठाना पड़ा हमें ।

ना चाहते हुये भी हकीक़त की ज़मीं पे,

ख़्वाबों का नया मुल्क़ बसाना पड़ा हमें ।

एक रूम की तलाश में भटके शहर-शहर

और चाँद को ज़मीं पर सुलाना पड़ा हमें ।

हम दोनों ने जी जान से शिद्दत से निभाया,

जिस हाल में भी इश्क़ निभाना पड़ा हमें ।

ग़ज़ल - 13

जाने कैसी-कैसी बातें सीख गई,

सीधी लड़की उल्टी बातें सीख गई।

कुछ दिन मीठे-मीठे बोल थे दुल्हन के,

कुछ दिन बाद वो तीखी बातें सीख गई।

पहले अपनी बातों में गुम रहती थी,

धीरे-धीरे मेरी बातें सीख गई।

सीख गई बातों के अर्थ बदल लेना,

सच की देवी, झूठीं बातें सीख गई।

सिलना, बुनना, चलना रसोई महकाना,

मैं ससुराल की सारी बातें सीख गई।

ग़ज़ल - 14

हम बस अपना ख़र्चा देखा करते थे,

बाक़ी सब कुछ पापा देखा करते थे।

तारीफ़ों की धुन में खोये-खोये हम,

पहरों तक आईना देखा करते थे।

खुशबू से हमको क्या लेना-देना कब था?

हम फूलों का चेहरा देखा करते थे।

जी भर बातें कर सकते थे मौजों से,

आँखें भर-भर दरिया देखा करते थे।

रोज़ ग़मों की बारिश सहनी पड़ती थी,

रोज़ खुशी को तन्हा देखा करते थे।

ग़ज़ल - 15

दुनिया से बढ़कर हो तुम,

लेकिन दिल का डर हो तुम।

गीली मिट्टी ढूँढते हो?

शायद! कूज़ागर हो तुम।

मेरी नींद चुरा लोगे तुम?

कोई जादूगर हो तुम?

शीशे के अंदर हूँ मैं

शीशे के बाहर हो तुम।

ख़्वाब अहमियत रखते हैं,

पर इनसे ऊपर हो तुम।

ग़ज़ल - 16

सिर घुमाती है कभी हाथ मार देती है,

ज़ीस्त अक्सर ही हमें लात मार देती है।

ज़िन्दगी भर के लिए ज़ख्म अता होते हैं,

चन्द लम्हों की मुलाक़ात मार देती है।

उससे कहती है मुहल्ले के कोई अंकल हैं,

फिर वो पीछे से मुझे आँख मार देती है।

जिन परिंदों से रिहाई नहीं होती बर्दाश्त,

उनको पिंजरे की खुराफ़ात मार देती है।

कुछ को करती है सितारों भरी रात अफ़सुर्दा,

कुछ दीवानों को तो बरसात मार देती है।

ग़ज़ल – 17

रूप की मौज ठहरी रहेगी सखी,

देह कब तक छरहरी रहेगी सखी।

दो किनारों से बनता है इक रास्ता,

कितने दिन तक इकहरी रहेगी सखी।

शाम छा जायेगी मेरी ग़ज़लों में पर,

ज़िन्दगी में दुपहरी रहेगी सखी।

कितने दिन मौसमों के सितम ढोयेगी,

कितने दिन गूंगी-बहरी रहेगी सखी।

ख़्वाब हल्के हैं बारिश में बह जायेंगे,

आँख ठहरी है ठहरी रहेगी सखी।

ग़ज़ल – 18

लब ख़ामोश हैं, आँखें गुमसुम, यानी आपकी मर्ज़ी है,

थोड़ा मेरा पागलपन है थोड़ी आपकी मर्ज़ी है।

प्यारा मौसम ही प्यारी यादों के पैकर बुनता है,

हमने अपनी बतला दी है, बाक़ी आपकी मर्ज़ी है।

जब जी चाहे पास बुला लें, जब जी चाहे दूर करें,

हम बेज़ा बदनाम हुये हैं, चलती आपकी मर्ज़ी है।

जैसे की हम अपने दिल की बात आपसे कहते हैं,

आप भी हमसे कह सकती हैं, जो भी आपकी मर्ज़ी है।

आप हमारे जेहनो- दिल की शहज़ादी हैं अर्ज़ करें,

हम वैसे ही हो जायेंगे, जैसी आपकी मर्ज़ी है।

ग़ज़ल - 19

यार वो बारिश के मौसम क्या हुए?

पूछते हैं कहकहे ग़म क्या हुए?

क्या हुए पिछले ज़मानों के सितम,

दुख की दूकानों के परचम क्या हुए?

आपका चेहरा ब्लशिंग कैसे हुआ?

और वो ख़ाका-ए-मुबहम क्या हुए?

भूल जायेंगी मेरी आँखें सपन,

उंगलियां पूछेंगी नीलम क्या हुए?

ग़ज़ल - 20

मौज को आजमा रहा था कोई,

रेत पर दिल बना रहा था कोई।

मेरे ताबूत पर मेरी ग़ज़लें,

देर तक गुनगुना रहा था कोई।

हम निशाने पे ख़ुद ही आये हैं,

हमको कब ढूढ़ने गया था कोई।

नींद टूटी तो मैं बहुत रोई,

मेरे नज़दीक आ रहा था कोई।

इस तरफ़ रो रहीं थीं उम्मीदें,

उस तरफ़ मुस्कुरा रहा था कोई।

ग़ज़ल - 21

रोशनी रोयेगी सूरज अधमरा हो जायेगा,

दो दिलों के दरमियाँ मज़हब खड़ा हो जायेगा।

देखकर उसको तड़प उठेगा दीवाने का दिल,

मत बुला शादी में पगली हादसा हो जायेगा।

खिलखिलाती एक तितली ग़मज़दा हो जायेगी,

एक संजीदा सा लड़का सिरफिरा हो जायेगा।

चंद रस्में काट देंगी सारी क़समों के बदन,

ज़िन्दगी भर के लिये तय फासला हो जायेगा।

जो घड़ी खुशियाँ लुटा सकती थी ग़म बरसायेगी,

और अब इससे ज़्यादा क्या बुरा हो जायेगा।

ग़ज़ल - 22

इसका -उसका जाने किसका -किसका दुखड़ा लाये हैं ।

फ़िक्र के बच्चे जेहेन की दीवारों तक मिसरा लाये हैं ।

ऐसे -वैसों को कब लज़्ज़त-ए -गिर्या हासिल होता है ,

तो तुम अपनी प्यास बुझा लो हम इक दरिया लाये हैं ।

अच्छे दूल्हों के बारे में हमसे पूँछ रही हैं वो,

गुल्लक तोड़ के हम जिनकी पाजेब का जोड़ा लाये हैं ।

ठेकेदारों उन लोगों का नाम भी लिख दो पत्थर पर

वो जो पर्वत की आँखों तक पहला रस्ता लाये हैं ।

हम लाये हैं दिल का कमरा जिसमें वो सो सकती है ,

दुनिया वाले उसकी ख़ातिर फूल और गजरा लाये हैं ।

ग़ज़ल - 23

हे ठकुराइन ऐसा थोड़ी होता है।

हर दीवाना झूठा थोड़ी होता है।

तुमको तो हर चीज़ से दिक्कत है जानाँ,

कोई इतना गहरा थोड़ी होता है।

सूखता होगा, टूटता कैसे होगा दिल?

दिल के अंदर शीशा थोड़ी होता है।

प्यार भी तो होता है हम दोनों के बीच,

हरदम - हरदम झगड़ा थोड़ी होता है।

जितना दिखलाता है दुनिया को शायर,

सच में उतना तन्हा थोड़ी होता है।

ग़ज़ल - 24

मुहब्बत में नहीं सदमे में हूँ मैं,
बचा लो दोस्तों ख़तरे में हूँ मैं।

अगर है तो नज़र भी आये हमको,
वो जो, कहता है हर ज़र्रे में हूँ मैं।

मेरे कानों के पर्दे खिंच रहे हैं,
ग़लत आवाज़ के घेरे में हूँ मैं।

सगाई बाद में डिस्कस करेंगे,
अभी जाओ अभी ग़ुस्से में हूँ मैं।

नशे में हूँ ज़माना बोलता है,
मुझे लगता नहीं नश्शे में हूँ मैं।

ग़ज़ल - 25

नहीं भी रहे हम तो इतना रहेगा,

कोई ना कोई नाम लेता रहेगा।

उदासी को बर्ख़ास्त करदो परिंदों,

वगरना तबस्सुम पे गिरिया रहेगा।

पहुँचते रहेंगे मेरे शेर दिल तक,

मुहब्बत की गलियों में चर्चा रहेगा।

निकल जायेंगे दूर बुलबुल के बच्चे,

चिड़ीबाज़ गड्ढे में अटका रहेगा।

यही ज़िन्दगी ख़ूबसूरत लगेगी,

अगर ख़ूबसूरत नज़रिया रहेगा।

ग़ज़ल - 26

नदी के दुख समंदर पर चलेंगे,

हमारे ख़्वाब खंज़र पर चलेंगे।

बिछड़ जायेगा शहज़ादा हमारा,

पराये लोग मंज़र पर चलेंगे।

गुलों की आँख से छलकेंगे आँसू,

कली के बच्चे पत्थर पर चलेंगे।

नया दिल ढूँढ़ लेंगी अप्सरायें,

पुराने पेसमेकर पर चलेंगे।

पलट जायेंगे चिट्ठी लिखने वाले,

मुक़दमे सब कबूतर पर चलेंगे।

मुक्त कवितायें

(नज़्में)

1

तू चली जायेगी

❤ ऐ मेरी ज़िन्दगी ❤

मैं तुझे रोक सकने के क़ाबिल नहीं

जानता हूँ कि वापस नहीं आयेगी

दिन ठगे जायेंगे, शब छली जायेगी।

तू चली जायेगी…

पहले बोला गया दिल दुखाओ नहीं,

दिल दुखाना किसी का बुरी बात है।

फिर मुहब्बत पे पहरे लगाये गये

तोड़ डाली गईं इश्क़ की चूड़ियाँ,

इश्क़ वालों पे पत्थर उछाले गये।

एक अजब सिलसिले में हूँ मैं आजकल।

सोचता हूँ क्यों इतना डराया गया?

दिल के दरिया पे पुल क्यों बनाया गया?

क्यों बताया गया ये ग़लत ये सही?

हमको अच्छा-बुरा क्यों सिखाया गया ?

एक तरफ़ दिल है जिसमें तेरा प्यार है,

एक तरफ़ दुनियादारी की दीवार है।

हर तरफ़ से घिरा हूँ मैं तूफ़ान से,

ऐन गर्दिश में ख़्वाबों की पतवार है।

हाय! ये बेदिली, हाय! ये वसवसा

अब ये हारा सिपाही करे भी तो क्या?

ख़ून से मेरी मिट्टी धुली जायेगी।

दिन ठगे जायेंगे, सब छली जाएगी।

❤ ऐ मेरी ज़िन्दगी ❤

तू चली जाएगी........।

2

सुहागन की अर्ज़ी

एक सुहागन बेवा होने की अर्ज़ी लेकर आई थी।

अडबंगी का संयम डोला,

बोले; ऐ कलयुगी सुहागन !

कैसा वर माँग रही है?

ऐसी त्रिया कभी नहीं देखी।

नत होकर बोली, हे भगवन!

यदि यह पाप तुल्य है तो मैं, पापिन हूँ स्वीकार करूँगी।

पहले मेरी अर्ज़ी सुन लो।

कुचले मसले, मारे, नोचे,

प्रिया हृदय का मर्म न जाने ।

क्या वह पति कहलाने लायक है ?

पति का जो धर्म न जाने ।

क्या मैं महज भूख हूँ हरिहर,

बीती रात भरने वाली?

या हूँ महज घड़े की मछली,

होठों को तर करने वाली?

काठ नहीं हूँ मैं की जिस पर

आरी चलना आम बात है।

इतने पर भी इति होती तो,

पत्नी धर्म सुरक्षित रहता ।

लेकिन, अति का अंत नहीं है ।

उसको कब तक संरक्षण दूँ?

जो नर अपनी ही पुत्री को बुरी दृष्टि से देख रहा है।

भोले..., दाँतो तले दबाकर उँगली बोले -

नारायण से पहले नर हूँ ।

नर हूँ तो नारायण क्यों हूँ?

प्रथम कथन खंडित करता हूँ।

देवी क्षमादान चाहूँगा ।

3

बताओ क्या बदल गया?

बताओ क्या बदल गया?

बताओ क्या नया हुआ??

सिरा जहाँ शुरू हुआ, अमल वहीं छला गया ।

सवाल पूछने लगे तो वक़्त कलकला गया ।

अभी भी काली लड़कियाँ मलाल कर रही हैं उनको गोरा क्यों
नहीं किया ?

अभी भी छोटे क क़द के लोग क़द बढ़ाने वाली गोलियाँ चबा रहे
हैं... बोलो है कि नहीं ?

अभी भी ज़ात-पात के ढकोसलों में जान है ।

अभी भी ऊँच-नीच की रवायतें चलन में हैं ।

अभी भी धर्मवाद का फ़साद कम नहीं हुआ ।

अभी भी सच को झूठ से रिहाई नहीं मिल सकी ।

विवेक अब भी काम की प्रवृत्ति का गुलाम है ।

अभी भी रंग-रूप का भरम, नरम नहीं हुआ।

ज़ेहेन के हक़ की बात करने वाले होंठ बेहया।

बदन के मन की बात कहने वाले लोग बदचलन।

अभी भी इश्क़ जुर्म है,

अभी भी प्यार पाप है ।

अभी भी तितलियों के पाँव बेड़ियों की ज़द में हैं ।

अभी भी आखिरी कतार में खड़ा वो आदमी,

विलाप कर रहा है मुझको रोटियाँ नहीं मिलीं ।

बताओ क्या बदल गया?? बताओ क्या नया हुआ??

4

सुख के सपने

अंधाधुंध दुखों के नभ में,

सुख के सपने चमक रहे थे ।

दिल ने राहें तय कर ली थीं,

पाँव हमारे झिझक रहे थे ।

बार-बार की हार से थक कर,

हिम्मत आँखें मीच रही थी।

फिर हारेंगे की दुश्चिंता,

हमको नीचे खींच रही थी।

लेकिन सूनेपन के घर में,

मन के पंछी चहक रहे थे।

सुख के सपने चमक रहे थे ।

हमने कमर कसी की अब बस,

हमको इसी राह चलना है।

मंजिल से बातें करनी हैं,

सपनों को जी कर मरना है।

आशाओं के दीप हृदय में,

मह-मह-मह महक रहे थे।

अंधाधुंध दुखों के नभ में,

सुख के सपने चमक रहे थे।

5

हम बेटियाँ

हम बेटियाँ

बाप बनने से पहले नहीं खुल सकेगी मेरी नज़्म तुम पर कि हम बेटियाँ..

कितने छालों के गुच्छे छुपाये हुये,

कितने अरमान दिल में दबाये हुये,

कितने सदमों को भीतर समेटे हुये,

कितनी आवाज़ों से जंग लड़ते हुये,

कितनी ही इल्तिज़ाओं को पैरों तले रौंद कर बढ़ चलीं मंडपों की तरफ़।

किसलिये??

इसलिये तो नहीं कि वो कमज़ोर हैं ।

इसलिये भी नहीं कि वो दुनिया से लड़ना नहीं जानतीं,

इसलिये भी नहीं की वो बेख़्वाब हैं ।

इसलिये भी नहीं कि उन्हें अपने महबूब से कोई निस्बत नहीं ।

सिर्फ़ इसके लिये -

मेरे पापा की पगड़ी सलामत रहे।

6

वह सुफ़ैद आदमी।

जिसको लगता था वो ही मोहज़्ज़ब है, बाक़ी के सब लोग अनपढ़
हैं बेकार हैं।

वक़्त की नेमतों से नवाज़ा हुआ,

ऐसा आदम जिसे जिंदगी का ज़ियादा तजुर्बा न था।

ख़ैर, जैसा भी था आखिरी बात ये थी की आदम था वो।

धीरे-धीरे तकब्बुर का जोबन ढला, उसमें बीमारियाँ आने-जाने
लगीं।

तंग रहने लगा अपनी तबीयत से वो,

धीरे-धीरे बहुत चिड़चिड़ा हो गया।

और फिर उसको महसूस होने लगा जिंदगी.., चमचमाती हुई कार
के आईने सी नहीं, जिंदगी जलते-बुझते ज़रागों सी है।

एकतरफ़ा नहीं,

जिसमें बस मैं ही मैं हो कहीं तुम न हो।

मैंने ये भी सुना था कि मरते समय

एक मिसरा लिखा उसने दीवार पर...

और वो मिसरा ये था-

मैं मोहज़्ज़ब नहीं।

7

हम भी ख़ामोश हो जायेंगे एक दिन।

फड़फड़ाते हुये उन परिंदों की मानिन्द जिनको कभी अपनी मर्ज़ी
का आकाश न मिल सका।

सोने-चांदी के पिंजरों में रखकर भले ही दुलारा गया।

हाथ चूमे गये, पाँव पूजे गये,

गेसुओं को भी गोया सँवारा गया।

फिर भी उनको तसल्ली नहीं मिल सकी।

छटपटाते रहे, छटपटाते रहे,

छटपटाते रहे उम्र भर और फिर,

एक दिन इस उमस से रिहा हो गये।

और ख़ामोश भी।

हम भी ख़ामोश हो जायेंगे एक दिन।

8

सुलगने दो

ये सुलगते हुये लोग..,

इनका कोई इलाज नहीं

ये निरन्तर सुलगते, सिसकते,

तड़पते,

कँहरते,

सिहरते रहेंगे ।

यही इनकी मंज़िल है, यही इनका हासिल है ।

क्योंकि इनको लुत्फ़ आने लगा है जलते रहने में,

प्रेम की पीड़ा से प्रेम हो गया है इन्हें ।

सुकून देने लगी है जलन,

दुःख से लिपटे रहना चाहते हैं ।

ये प्रेम की चरम सीमा पर पहुँच चुके हैं ।

अब इन्हें किसी सावन का इंतजार नहीं ।

किसी बारिश की ख़्वाहिश नहीं ।

कोई आस नहीं,

कोई प्यास नहीं

तृप्त हो चुका है इनका प्रेम ।

मत छेड़ो,

सुलगने दो...

आखिरी साँस बुझेगी तो सुलगन भी बुझ जायेगी ।

9

मछली

मैं कश्ती की फर्श पर लेटा सोच रहा था।

हलचल रुसवा कर सकती है।

पहले नाव किनारे लाऊँ, फिर मछली से बात करूँगा।

लेकिन उस चंचल मछली में इतना ज्यादा सब्र कहाँ था।

वो तो दरिया में रहती थी।

उसको सागर की गहराई का अंदाज़ा कैसे होता ?

वो क्या जाने मैं हैवान नहीं प्रेमी हूँ।

झट से मेरा हाथ छुड़ाकर फिर दरिया में कूद पड़ी वो।

मैं चिल्लाया-

वापस आओ ...

मैं तुमको खुश रख सकता हूँ।

यहाँ तुम्हारी जान को ख़तरा हो सकता है प्यारी मछली।

वो मुस्कुरा कर बोली मैं तो बेहद खुश हूँ।

तुम भी खुश रहना मछुआरे।

याद आये तो मिलने आना

मगर अकेले,

जाल न लाना ।

10

लव यू

मैं सोचता हूँ फ़लक पे लव यू लिखूँ किसी दिन।

और उसके नीचे तुम्हारी सुंदर सी एक फोटो भी टाँक दूँगा।

तमाम दुनिया को एक झटके में ही बता दूँ कि तुम मेरी हो।

मेरी मोहब्बत,

मेरी तमन्ना,

मेरी अमानत,

मेरा तकब्बुर,

मेरी इबादत।

कहाँ तलक हम कहानियों से गुज़र करेंगे।

कभी तो दुनिया को इल्म होगा की उस कहानी कहवा ख़ाने में वो जो प्रेमी थे वो हमीं थे।

हमीं थे जिनको अंधेरे कोने के साथ पाकर पुलिस के बंदे झिड़क रहे थे।

हमारी थीं वो पतंगें जिनसे छतों पे हल्ला मचा हुआ था।

मैं चाहता हूँ कि दुनिया वालों को ये ख़बर हो कि मैं तुम्हारे लिये
बना हूँ ।

तुम्हारा हूँ मैं ।

मैं चाहता हूँ ..

फ़लक पे लव यू लिखूँ किसी दिन। ।

11

जानते नहीं क्यों है।

भूख प्यास की अब तो,

हमको सुध नहीं रहती।

अपनी ख़बर लोगों,

हमको ख़ुद नहीं रहती।

खोये-खोये रहते हैं,

मन कहीं नहीं लगता।

क्यों हमें कोई मौसम,

अब हसीं नहीं लगता।

क्यों किसी के रोने पर,

हमको ग़म नहीं होता।

क्यों किसी के आने पर,

अब ख़ुशी नहीं होती।

पाँव ठहरे रहते हैं,

मन भटकता रहता है ।

क्यों किसी की आहट पर,

दिल नहीं धड़कता अब ।

एहतियात में आँखें,

एहतियात में साँसें,

हाय! कितनी ज़ालिम हैं,

एहतियात की बातें ।

आह के बवंडर को,

दर्द के समंदर को ।

आँसुओं की बारिश को,

दिल में चुभे खंज़रको ।

हम ही जान सकते हैं,

किस कदर संभाला है।

कह भी कुछ नहीं सकते,

कर भी कुछ नहीं सकते ।

हसरतों के होठों पर,

बंदिशों का ताला है ।

इक खुशी है सीने में,

और उसी खुशी का ग़म,

जानते नहीं क्यों है?

दिल उदास है पर हम

जानते नहीं क्यों है ।

12

ओ भुक्खड़ चल कुछ काम करें

ओ भुक्खड़ चल कुछ काम करें

बातों से बात नहीं बनती।

सब अपनी अपनी धुन में हैं,

कोई राजा है कोई भंगी है।

हर मन की अपने सुख-दुःख हैं,

हर मन की अपनी तंगी है।

तुझे तेरे काम से मतलब है,

रोटी के दाम से मतलब है,

तू सबके पचड़ो में मत पड़,

संसार बड़ा अतरंगी है।

ओ भुक्खड़ चल कुछ काम करें।

मन तो इक चंचल पंछी है,

कभी इस पनघट कभी उस पनघट।

कभी इस डाली कभी उस डाली,

कभी संजीदा कभी चटक-मटक।

जुगनूँ भी अपने काम पे है,

सूरज भी अपने काम पे है,

चल तू भी अपने स्वप्न उठा,

चल शुरू करें कुछ उठापटक।

ओ भुक्खड़ चल कुछ काम करें।

13

तुम मुझे इजाज़त दो

कुछ भी कहने सुनने की,

यानी कुछ भी करने की,

कुछ भी हाँ..,वही कुछ भी

क्या ये कर सकोगे तुम?

कुछ ग़लत नहीं होता मैं भी जानती हूँ ये,

पर ये साफ़गोई भी बुज़दिली का हासिल है।

तुमने अपनी बहनों को क्या यह छूट दे दी है??

क्या वो अपने प्रेमी का हाथ चूम सकती हैं?

क्या वो घूम सकती हैं उनके साथ गार्डन में ?

और उनके कमरे में रात काट सकती हैं ?

क्या हमारी बिटिया पर बंदिशें नहीं होंगी ?

क्या तुम उससे कह दोगे... इश्क़ तो इबादत है, इश्क़ कर मेरी

बेटी?

हाँ, कहो अगर हिम्मत है तो डन समझ लूँ मैं।

तुम मुझे इजाज़त दो

कुछ ग़लत नहीं होता।

14

उदासी के साये

मैं जब अपनी दोनों पसंदीदा आँखों के नीचे ये काले निशां देखती हूँ ।

तो लगता है जैसे किसी ने मेरे आबलों का सुलगता बदन छू लिया है ।

यूँ महसूस होता है जैसे कि पलकों के पीछे रुदाली का घर चल रहा है ।

और उस आग से उठता धुआँ किसी आसमां में नहीं मेरी आँखों के नीचे जमा हो रहा है।

रुदाली गला फाड़ कर रो रही है ।

मगर इस दफ़ा उसका दु:ख सच में दु:ख है ।

वो इस बार पैसों की खातिर नहीं दर्द में रो रही है ।

मुझे तो पता भी नहीं था कि रोना भी इतनी ख़तरनाक आदत है, आँखों पे इतना असर डालती है ।

ये आदत जो बीनाइयों की भी दुश्मन है पक्की।

ये आदत बुरी ही नहीं है

बहुत ही ज़ियादा बुरी है ।

ये आँखों को बर्बाद कर डालती है।

मुझे पड़ गई थी मगर तुम इस आदत की ज़द में न आना

अगर हो सके तो उदासी के साये बचना।

15

मर्द

शिकारी, दरिंदा, हवस, मर्द ब्ला ब्ला,

नहीं जानता था मैं इन सब का मतलब ।

मुझे सिर्फ़ देवी का मतलब पता था,

नहीं जानता था मैं 'औरत' का मतलब ।

मगर अब मैं सब कुछ समझने लगा हूँ,

समझ आ रहा है तुम्हारा तमाशा।

तमाशा के पीछे का सारा तमाशा,

तमाशा के आगे का सारा तमाशा।

तमाशे का मतलब गज़ब का तमाशा,

हमारा तुम्हारा ये सब का तमाशा।

मोबाइल की धुन पर थिरकता जमाना।

अजब का तमाशा तलब का तमाशा ।

मैं हैरत में हूँ लोग सब जानते हैं,

मगर ग़लतियाँ कर रहे हैं मुसलसल ।

मुसलसल फ़रेबी सितम कर रहा है, मगर अर्ज़ियाँ कर रहे हैं
मुसलसल।

समझते-समझते समझ पा रहा हूँ ।

ये 'औरत' ही सबसे बड़ा मसअला है ।

मगर इसमें दोषी भी औरत नहीं है।

न मर्दों पे इल्ज़ाम वाज़िब हैं सारे ।

ये सब कुछ उसी का बनाया हुआ है,

ये सब खेल उसका रचाया हुआ है ।

उसे सब ख़बर है तो खामोश क्यों हैं ?

वो पत्थर पिघल क्यों नहीं पा रहा है ?

सुना है कि उसमें बड़ी शक्तियाँ हैं ।

मगर कुछ बदल क्यों नहीं पा रहा है ?

मैं सब दोष उसके ही सिर मढ़ रहा हूँ,

मुझे जो सज़ा देना चाहे वो दे दे।

मैं तैयार हूँ हर सितम झेलने को।

बड़े से बड़ा कोई ग़म झेलने को।

मुझे डर नहीं मुझको बर्बाद कर दे।

मगर मेरे सपनों को आज़ाद कर दे।

नहीं देख सकता मैं अब ये तमाशा।

रहम कर, तरस खा, तमाशा ख़तम कर।

16

'जीवन वृत्तांत'

प्राथमिकता और आवश्यकता के बीच का चुनाव,

मोह और प्रेम पर विवेचनायें,

पाने और खोने का भय,

पाप और पुण्य की धारणायें,

समर्पण और संरक्षण के बीच संघर्ष,

भलाई और बुराई के सहसंबंधों का विश्लेषण,

पारिवारिक, सामाजिक और आंतरिक परिवेश की असमानतायें,

सहजता की असहज अनुभूतियाँ,

विनम्रता का उन्माद,

प्यास की निढाल देह,

भूख की बगावत,

आँसुओं की कहानी,

कहकहों के ठेले,

चीखों का सन्नाटा स्मृतियों के मेले,

निःस्वार्थता का भ्रम,

स्वार्थ की पहेलियाँ,

सुबह की उमंग,

दुपहर का आलस,

शाम का ठहराव

सपनों के समंदर,

नींदों का अनशन,

विचारों की आंधियाँ

इच्छाओं के टीले,

व्यवस्थाओं के पहाड़

सहायता की उलझन,

क्षमा याचनायें,

बधाई संदेश,

आशीर्वाद की पोटलियाँ,

श्रापों के गट्टर,

जीवन से मुक्ति और मृत्यु की प्रतीक्षा ।

यही तो है हमारा जीवन वृतांत।

17

पुरुष

पगता है पुरुष प्रेम में जब,

सौन्दर्य शून्य हो जाता है।

चिंतन के बीज उपजते हैं,

व्यसनों से आँख चुराता है।

सपनों में खोया रहता है,

गणिकाओं से घबराता है ।

सम्मोहन से घबराता है,

कतराता है घर आंगन से।

रोता है सबसे छिप-छिपकर,

डरता है पीले उबटन से।

मर जाता है 'निर्मम' नर मन

नारी को पूज्य बताता है।

पगता है पुरुष प्रेम में जब,

सौन्दर्य शून्य हो जाता है।

18

मरना पड़ा मुझको।

मेरे कमरे की दीवारें बयानों से पटी होंगी।

मेरे छज्जे से लटके ख़त गवाही देंगे दुनिया को।

मैं जीना चाहता था।

और... जीना चाहता था मैं,

मगर मरना पड़ा मुझको।

तमाम इन लड़कियों की तरह वह भी एक लड़की थी।

जिसे एक आम लड़का खास है अहसासों में रखता था।

तमाम उसके भी सब की तरह छोटे-छोटे सपने थे।

वो जिन सपनों में उसके साथ हंसता मुस्कुराता था।

मगर ज़ालिम रवायत की सलीबें कब समझती हैं।

कि उनके जुल्म से मासूमियत का घर उजड़ता है।

उखड़ती है बदन की प्यास मन रहता है बेकल सा ।

कि कितनी कश्मकश के बाद दिल से दिल बिछड़ता है ।

मेरी रंजिश फ़क़त दुनिया नहीं भगवान से भी है ।

कि मैंने कौन सा ऐसा अजूबा माँग रक्खा था?

जो इतना चाह कर भी मेरे हिस्से में नहीं आया।

मेरे कमरे की दीवारें बयानों से पटी होंगी

मेरे छज्जे से जैसे लटके ख़त गवाही देंगे दुनिया को...

मैं जीना चाहता था ।

और जीना चाहता था मैं,

मगर मरना पड़ा मुझको।

19

बदन

इसी बदन पर इतना गुमान है ना तुम्हें?

इसी बदन इसी शक्लो-सूरत पर ?

यही बदन जो चाहे जब किसी हादसे का शिकार हो सकता है?

यही बदन जिसमें कभी भी कोई भी मर्ज़ उपज सकता है ?

यही बदन जिसे साँस चली जाये तो बर्दाश्त नहीं किया जा सकता
24 घंटे भी ।

यही बदन जिसका कोई क़रार नहीं कि कब इसमें कोई ख़राबी
हो,

कब? कहाँ सड़ने-गलने लग जाये ।

यही बदन जिसकी दुर्गंध को इत्र की महक में दबाया जाता है ।

यही चेहरा जिस पर छाइयाँ पड़ना आम बात है एक उम्र के बाद ।

यही चेहरा जिस पर कभी भी मुंहासे कब्ज़ा कर सकते हैं।

यही चेहरा जिस पर झुर्रियाँ पड़ना आम सी बात है ।

यही होंठ जो सर्दियों में रूखे और बेजान हो जायेंगे,

जिन पर तुम्हें खुद भी खीझ आती है ।

यही उँगलियाँ जो 2 दिन काम कर लें तो तुम्हें खुद ही खुरदुरी

लगने लगती हैं ?

यही कमर जो कभी भी अपना आकार बदल सकती है?

यही पाँव? यही एड़ियाँ जो तुम्हें मोजे में छुपानी पड़ती हैं?

यही आँखें जो रोज रात कीचड़ बनाने का काम करती?

इन्हीं पर नाज़ है तुम्हें?

सोचना कभी खुद को बदन से परे होकर

तुम्हें खुद पता चल जायेगा कि लोग ही मिट्टी से मोहब्बत क्यों

करते हैं।

20

भद्दी औरतें

मैं भद्दी औरतों से गुफ़्तगू के सिलसिले में हूँ।

वो भद्दी औरतें जिन पर कभी रहमत नहीं बरसी।

वो जिनके होंठ मोटे, ख़ुश्क, बेढ़ंगे हैं काले हैं।

वो जिनकी आँख काजल दे के भी अच्छी नहीं लगती।

वो जिनकी नाक बेतरतीब कर देती है चेहरे को।

वो जिनके गाल पर दाने पड़े हैं दाग़, धब्बे हैं।

वो जिनकी गर्दनें मोटी हैं छाती बेसहूलत है।

फटी हैं एड़ियाँ जिनकी कमर कमरे की सूरत है।

जिन्हें बस भूख में शामिल किया करते हैं अंधेरे।

उजाले जिनसे अपनी आँख, मुंह सब कुछ चुराते हैं।

मुहब्बत-क्या मुहब्बत??

छोड़ आ, कुछ खाते पीते हैं।

मोहब्बत उर्वशी के तलवों के आईने का जिन्न है।

वो हँस पड़ती है मेरी बात पर क्या बात करते हो ?

तुम अपनी ज़ात से ही बेख़बर रहते हो पागल हो।

हम ऐसी औरतों को कौन दिल से चाहता होगा?

किसे हम जैसियों पर लाड आता है निडर बच्चे ?

अभी ख़ामोश रहने दो अभी तो वसवसे में हूँ।

मैं भद्दी औरतों से गुफ़्तगू के सिलसिले में हूँ।

21

ग़म

हर इक दम वही ग़म
वही ग़म कि ऐ हम
ये क्या कर रहे हैं ?
ये क्या हो रहा है?

त'अल्लुक़ ही क्या है तेरा उससे प्यारे,
तू क्यों उसकी पल-पल ख़बर रख रहा है?
वो संदल है कायल हैं उसके बहुत से,
तू क्यों उसपे इतनी नज़र रख रहा है?

तबस्सुम तो पक्की सहेली है उसकी,
उसे तेरे अश्क़ों से क्या लेना-देना ?
उसे क्या पड़ी है कि तू रो रहा है
उसे तेरे ख़्वाबों से क्या लेना-देना ?

ये आँखें, ये आँखों के नीचे के घेरे,
ये कमरा, ये बिखरा हुआ सारा सामां,
ये दीवार पे लिखखे मिसरों के मानी,
ये दारू की बोतल, ये सारी कहानी।

तेरे हाल से ख़ूब वाकिफ़ हूँ मैं भी,

मेरा दिल भी जब -तब धड़क जा रहा है ।

मैं सब जानता हूँ मगर चुप रहूँगा,

ये सारा बयां किस तरफ़ जा रहा है ।

तुझे हश्र भी तेरा मालूम है लड़के

तू क्यों उसके पीछे फ़ना हो रहा है?

हर इक दम वही ग़म

वही ग़म कि ऐ हम

ये क्या कर रहे हैं?

ये क्या हो रहा है?

22

माफ़ी

ज़िन्दगी माफ़ करना तुम्हारे लिये
मै ज़माने से ऊपर नहीं उठ सका।

मैं नहीं कह सका ऎन महफ़िल कि तुम,

मेरी आँखों का सबसे बड़ा ख़्वाब हो।

मैं नहीं कह सका चाहकर भी कि मैं,

जी नहीं पा रहा हूँ तुम्हारे बिना।

मैं नहीं कह सका,

मै नहीं कह सका चीख़कर की मुहब्बत, मुहब्बत है लोगों तमाशा

नहीं

तुम मेरी जान हो मैं नहीं कह सका।

मुझको अफ़सोस है कि मैं उन बदज़ुबानों का क़ातिल नहीं बन

सका,

जो तुम्हें बदचलन कह रहे थे मेरे सामने।

झूठ कहते हो तुम...

मैं नहीं कह सका।

मैं नहीं तोड़ पाया वो दीवार जिसपर लिखा था मुहब्बत महापाप
है
मैं नहीं पाट पाया वो खाई जिसे जातिवादी विचारों ने गहरा
किया

रुढ़ियाँ जिससे पोषित हुयीं वो ज़हर
मैं गटर में नहीं फेंक पाया मुझे ये भी अफ़सोस है।

मैं ज़रूरी दलीलें नहीं दे सका,
मैं नहीं कह सका जिस्म और रूह दोनों का संगम हो तुम।

मैं नहीं कह सका सख़्त लहजे में हम पर सितम मत करो
हम नहीं जी सकेंगे जुदाई का ग़म।

मैं नहीं कह सका..
मैं नहीं मानता ऐसे दस्तूर को
मैं नहीं कह सका।

फिर भी इतना तो मुमकिन था मेरे लिये
मैं किसी और का भी नहीं हो रहा
जा रहा हूँ मैं इन चोचलों से परे
दूर आकाश में ,
फिर मिलूँगा तुम्हें

ज़िन्दगी माफ़ करना तुम्हारे लिये
मैं ज़माने से ऊपर नहीं उठ सका।

मुक्तक - (कत'अ')

1

साँसें थम सी जाती होंगी धक-धक-धक दिल करता होगा,

तुम जब पानी भरते होगे दरिया आहें भरता होगा।

जिसने सूरज चूमा हो वो जुगनू से क्या इश्क़ करेगा,

उसका मर जाना बनता है वह जो तुम पर मरता होगा।

2

जो इसके तरफ़दार थे रो-रो के मर गये,

तुम इन वफ़ा के चोचलों में मत पड़ा करो।

भगवान क़सम इसका हमें कुछ गिला नहीं,

हम ना मिलें तो और किसी से मिला करो।

3

अभी-अभी तो नींद से उचट रही है ज़िन्दगी,

ग़मों के आसमान से लिपट रही है ज़िन्दगी।

दु:खों के वसवसे में खो गई हैं मेरी अर्ज़ियाँ,

मज़ा तो क्या ही आ रहा है कट रही है ज़िन्दगी।

4

क़फ़स पे आये न कुछ मुसीबत वो पूरी ताकत लगा रहा था,

ये मैंने पहली दफ़ा सुना कि परिंदा पिंजरा बचा रहा था ।

वो गाँव वाली कभी न समझी कि उसका उसमें मुक़ाम क्या था ?

शहर में रह कर भी एक लड़का शहर से नज़रें चुरा रहा था।

5

बीच रस्ते में ग़मों का बहाव काटेंगे,

खिलखिलाते हुये चेहरे तनाव काटेंगे ।

हिज्र अब वस्ल की सूरत मनाया जायेगा,

हम कलाई नहीं वहशत के पाँव काटेंगे।

6

तालाबों को झील नहीं कर सकते तुम,

इतनी ऊँची डील नहीं कर सकते तुम ।

तुमको अपनी दिक्कत, दिक्कत लगती है,

मेरी फ़ीलिंग फ़ील नहीं कर सकते तुम ।

7

तड़प के सिलसिले टूटें ख़तम ये खेल हो जाये,

मेरा दिल तोड़ने वाले की किडनी फ़ेल हो जाये।

नया क़ानून बनवाओ दीवानों बेवफ़ाओं पर,

जो पहले छोड़ के जाये उसी को जेल हो जाये।

8

चोट पर चोट खा रहे हैं लोग,

इसपे भी मुस्कराते रहे हैं लोग।

क्यों उठायेगा अब वो मेरा फोन,

जिसके नखरे उठा रहे हैं लोग।

9

साथ छोड़ दे मुश्किल में परछाई भी हो सकता है,

जिस पर बहुत यकीं है वो हरजाई भी हो सकता है।

ऐसे कैसे बिना हक़ीकत जाने कुछ कह सकते हो,

हाथ पकड़ कर चलने वाला भाई भी हो सकता है।

10

हमने सबको अपनाया है उनकी अपनी मर्ज़ी है,

दुश्मन, दोस्त, पराये, अपने सबको ईश्वर खुश रक्खे।

हम तो शायरी-वायरी वाले हैं लिखकर खुश हो लेंगे

तुम दुनिया से कटे हुये हो तुमको ईश्वर खुश रक्खे।

11

थकन भरे दिन के माथे पर कब फेरोगी नर्म हथेली ?

मेरी नींदों का मनमोहन तकिया लेकर घर आओगी।

भीड़-भाड़ के बीच अकेला निपट अकेला खड़ा हुआ मैं,

सोच रहा हूँ कब तुम मेरी दुनिया लेकर घर आओगी।

12

ऊले से चले मिसरा-ए-सानी में मर गये,

मजनूं की तरह ऐन जवानी में मर गये।

फिर उसके बाद उनसे तअल्लुक नहीं रहा,

दुनिया में रहे मेरी कहानी में मर गए।

13

ये नशा आपकी सेहत के लिए ठीक नहीं,

शायरी आम तबीयत के लिए ठीक नहीं ।

जुगाड़ करके पहुँच तो गया हूँ लेकिन मैं,

बहुत बुरा हूँ सो जन्नत के लिए ठीक नहीं।

14

क़दर के बाद खुशी बेक़दर कहाँ से हुयी ?

हमारे प्यार में आखिर कसर कहाँ से हुयी ?

कमर के तिल का ज़िक्र सुन के दिल ही बैठ गया,

पराये लड़के को इतनी ख़बर कहाँ से हुयी?

15

मौज लिखना जवानियाँ लिखना,

तुम लहर पर रवानियाँ लिखना।

हम लिखेंगे बस एक राजकुँवर,

तुम बहुत सारी रानियाँ लिखना।

16

मुझे तलाशता रहता है मुसलसल कोई,

लबों पे बारहा एक प्यास आती जाती है।

ठहर-ठहर के उतरता है गले से पानी,

अटक-अटक के मेरी साँस आती जाकी है।

17

बेहद अजीब सा था जो कुछ गुज़र रहा था,

दो लफ़्ज़ का बयाँ था लेकिन मैं डर रहा था।

पहली बहार थी वो, पहला ख़ुमार था वो,

पहले पहल जिगर में नस्तर उतर रहा था।

18

तोड़ कर मेरा सपना चली जाओगी,

छोड़कर गाँव अपना चली जाओगी।

मैं भटकता रहूँगा शहर दर शहर,

तुम तो साजन के अँगना चली जाओगी।

19

मन लहलहा रहा था दिल धकधका रहे थे,

इमरोज़ अमृता की नज़में सुना रहे थे ।

तस्वीर सी किसी की आँखों मे झिलमिलाई,

जैसे कि लफ़्ज़ कोई नक्शा बना रहे थे।

20

मेरे सुकूँ को पायमाल ना किया करें,

हम चाहते हैं आप कॉल न किया करें ।

यूँ ही की तमन्नाओं के नुकसान बहुत हैं,

हर चीज़ यूँ ही इस्तेमाल न किया करें।